憲法9条改正、これでいいのか

詩人が解明―言葉の奥の危ない思想―

谷内修三（やちしゅうそ）

ポエムピース

はじめに

秘密保護法、集団的自衛権を認める戦争法、「共謀罪」法、憲法第9条改悪。重要な憲法、法律が一内閣によって、強引に作られていく。そこに言葉の軽視が感じられる。

そのことを強く感じさせるのが、2017年5月3日、読売新聞朝刊での安倍首相インタビューである。憲法改正について語っている。自民党の憲法改正案とはかなり違っている。9条をそのままにして、自衛隊が合憲であると明記する。「加憲」といわれている方法である。さらに教育を無償化するという案も付け加える。二つの項目を抱き合わせることで、強引に憲法を変えようとしている。「自衛隊の合憲化反対」を理由に憲法改正に反対しようとすると、「えっ、教育費無償化になぜ反対するのか」と言われそうである。

ずるい手口だ。

ずるい手口は、「改正案（たたき台）」の文言にも見える。大事な言葉を省略し、論理をすりかえていく。どこを、どう変更して、国民の目をごまかそうとしているか。そのことにこだわって自民党の「改正案」を読んでみた。

谷内修三

目次

憲法９条改正、これでいいのか
詩人が解明ー言葉の奥の危ない思想ー

9条が骨抜きになる

２０１７年5月3日の読売新聞で、安倍首相が憲法改正について語っている。「自衛隊を合憲化する（憲法に明記する）」「教育費を無償化する」という二点が改正点である。実際の「文言」をどうするかは語っていない。

その後、自民党に憲法改正について議論するように指示し、「自民党憲法改正推進本部」が「たたき台」をまとめている。西日本新聞２０１７年6月22日朝刊によると、現行の憲法に「9条の2」を追加（新設）するというもの。

その「9条の2」は以下の通り。

第9条の2

① 前条の規定は、我が国を防衛するための最小限度の実力組織としての自衛隊を設けることを妨げるものと解釈してはならない。

② 内閣総理大臣は、内閣を代表して自衛隊の最高の指揮監督権を有し、自衛隊は、その行動について国会の承認その他の民主的統制に服する。

「新設項目」のどこに問題があるか。私は「主語」と「動詞」にこだわって考えてみる。現行憲法から読んでみる。

第9条
① 日本国民は、正義と秩序を基調とする国際平和を誠実に希求し、国権の発動たる戦争と、武力による威嚇又は武力の行使は、国際紛争を解決する手段としては、永久にこれを放棄する。
② 前項の目的を達するため、陸海空軍その他の戦力は、これを保持しない。国の交戦権は、これを認めない。

現行憲法の「主語」は「日本国民」である。
第1項目では、「日本国民」は「国際平和を希求する」(動詞)、「日本国民」は「戦争と」「武力行使は」「放棄する」（動詞）と明確に語っている。

第2項目で「戦力は、これを保持しない」と書いている。「戦力は」というのはテーマの提示である。「前項の目的を達するため、陸海空軍その他の戦力は、これを保持しない」はテーマを論理的に定義しているだけと読むこともできるが、私は「主語（日本国民）」を補って読む。「主語」を補うと同時に、「動詞」も少し補う。「保持することを日本国民は認めない」。そう読むと、それにつづくことばと自然につながる。「国の交戦権（テーマ）」については、「日本国民」は「これを認めない」。「日本国民」が「国」に対して「戦力」を持つことを「認めない」。言い換えると「日本国民」は「国」に「戦争する」ことを「認めない」。「国に戦争をさせない（戦争を放棄する）」と言っている。

主語は一貫して「日本国民」。「日本国民」は「戦争を放棄する」。これを具体的に言いなおしたのが「戦力を保持する」ことを日本国民は「認めない」。「交戦権」を日本国民は「認めない」。繰り返すことで、強調している。「国」に対して「してはいけないこと（禁止事項）」を申し渡し、権力を拘束するのが「憲法」である。

日本国民＝私

このときの「日本国民」というのは「抽象的」な存在ではない。「概念」や「ひとの集まり」ではない。それは、私たちひとりひとりである。言い換えると「私」である。「日本国民は」と書かれている部分はすべて「私は」と読み替えることができるし、そうしなければならない。憲法は「国」のありかたの基本であると同時に、ひとりひとり、つまり「私」の生き方の指針なのだ。

「私」は「平和を希求する」、「私」は「戦争を放棄する」、「私」は「国の交戦権を認めない」。「国」よりも「私」の方が偉いのだ。「主権」は「国民」、つまり「個人」にある。これが憲法の基本だから、憲法は「国民」のことを最初に書き、次に国民が選んだ「国会（議員）」について書く。そのあとで「内閣」について書いている。「権力順位」は一位「国民」、二位「国会（議員）」、三位「内閣」である。このことを忘れてはならない。

自民党「たたき台」の罠

ところが、自民党の「たたき台」では、この「主語（主権の一位）」が「日本国民」ではなくなる。

9条の2。「前条の規定は」……「解釈してはならない」。このとき「だれが」解釈してはならないのか。「だれ」が「だれ」に対して「解釈してはならない」と言っているのか。

条文には「だれ」が「主語」なのか書いていない。これが大問題である。自民党の「たたき台」の「罠」である。書かないことで「ごまかしている」。

「だれ」が「主語」なのか。それを調べないといけない。

「解釈してはならない」の前に「自衛隊を設ける」という「動詞（設ける）」が出てくる。「だれ」が「自衛隊を設ける」のか。「主語」は「日本国民」だろうか。「私／個人」は「自衛隊を設ける」ことなどできない。「戦争を放棄している」「戦力の保持を否定している」「日本国民」が「自衛隊」を「設ける」というのは、完全に矛盾している。

だいたい憲法に書かれている「日本国民」というのは「集団」ではなく、完全な「個人」である。「私」である。「個人」が「自衛隊」を設けるということはできない。

ここでは、「戦争を放棄する。そのために戦力を持つことを認めない。交戦権を認めない」と言われた誰かが「解釈してはならない」と「反論」している。「自衛隊」を設けることができる「誰か」が「日本国民／私／個人」に対して「解釈してはならない」と命令している。

国民に命令するのは誰か

「だれ」が「日本国民／私／個人」に命令するのか。これを隠したまま、自民党の憲法改正案は書かれている。

そして、9条の2の2。ここに突然「内閣総理大臣」が出てくる。それも「日本国民」によって「権能」を制限されるという形ではなく、権力を持った「主語」として登場する。「国／内閣総理大臣」が突然「主語」になる。

ここから引き返して「9条の2」を読むと、

前条の規定（テーマ）は、「内閣総理大臣が／国が」我が国を防衛するための最小限度の実力組織としての自衛隊を設けることを妨げるものと（「妨げる」と論理的に定義したものと）、**「日本国民」は解釈してはならない。**

ということになる。さらに言いなおせば、

日本国民は戦争の放棄を国に対して要求し、戦力の保持を禁止しているが、それは間違いである。**日本国民は、**自衛隊が戦力であると解釈したり、その解釈にもとづいて、自衛隊を設けようとする**内閣総理大臣にたいして反対といってはいけない。**

ということになる。

「日本国民は……解釈してはならない」という形で、国家から「禁止事項」を言い渡されることになる。「日本国民」は「主役＝主権者」ではなくなる。

9条の2の2は、どうなるか。どんな形で「日本国民」は「主語」になるか。

② 内閣総理大臣は、内閣を代表して自衛隊の最高の指揮監督権を有し、自衛隊は、そ

の行動について国会の承認その他の民主的統制に服する。**「このことを日本国民は認めなければならない。反対してはならない」**

になる。

「主語（主役）」が完全に逆転する。現行憲法では「日本国民」が「主語（主役）」になって、「国家権力」に対して禁止事項を言い渡していたのに、自民党のたたき台では、「国家権力（内閣総理大臣）」が「主語」になって、「日本国民」に禁止事項を言い渡している。

「日本国民／私／個人」に「解釈してはならない」と異議申し立ての禁止をし、そのうえで「内閣総理大臣」は「最高の指揮監督権を有する」という。「有する」という「動詞」は、そこでおこなわれることを「あいまい」にする。「最高の指揮監督権を有する」は、「内閣総理大臣」は自分が思うままに、「自衛隊」を「指揮、監督する」である。絶対権力者として「指揮、監督する」。書かれていないが、そのことを「認めろ」と自民党の「たたき台」は言っている。

「独裁」の「認可証」

「権力／権利」は持っている（有する）だけのものではなく、「使われる」ものである。「権力／権利」を「内閣総理大臣」がつかうことを、自民党の「たたき台」の条文は保障している。そして、その行使に対し「日本国民」が異議を申し立てることは禁じられ、だまって「行使」を認めなければならない。

これでは「内閣総理大臣」の「独裁」の「認可証」である。

自民党は、単に「自衛隊」を憲法に「認知させる」（憲法の中に組み込む）ことを狙っているのではない。「内閣総理大臣」による「独裁」を保障しようとしている。「日本国民」の「権利」を剥奪しようとしている。

「自衛隊」を絶対的な権力で指揮、監督するのが「内閣総理大臣」なら、「自衛隊」を「設ける」ために「日本国民」を「徴兵する」のも「内閣総理大臣」だろう。「自衛隊」を理想の形で指揮、監督するためには、それにふさわしい「人間」を集めなければならない。「人間」がいないことには「自衛隊」は存在し得ない。「最高の指揮監督をする」には、まず「徴兵」からはじめないといけない。「徴兵制」が復活する。

自衛隊は、その行動について国会の承認その他の民主的統制に服する。

と付け加えても意味はない。「最高の指揮監督権」は「内閣総理大臣」にある。「国会の承認」は「お飾り」である。「国会」は自衛隊を「指揮監督する（動詞）」ものではないのだから。

「たたき台」の整合性

私たちは日本国憲法の「前文」から読み返さないといけない。「前文」と「本文」が整合性をもっているかどうか、そのことを調べてみないといけない。

現行憲法は、こう書いている。

日本国民は、正当に選挙された国会における代表者を通じて行動し、われらとわれらの子孫のために、諸国民との協和による成果と、わが国全土にわたって自由のもたらす恵沢を確保し、政府の行為によって再び戦争の惨禍が起ることのないようにすることを

決意し、ここに主権が国民に存することを宣言し、この憲法を確定する。そもそも国政は、国民の厳粛な信託によるものであって、その権威は国民に由来し、その権力は国民の代表者がこれを行使し、その福利は国民がこれを享受する。これは人類普遍の原理であり、この憲法は、かかる原理に基くものである。われらは、これに反する一切の憲法、法令及び詔勅を排除する。

日本国民は、恒久の平和を念願し、人間相互の関係を支配する崇高な理想を深く自覚するのであつて、平和を愛する諸国民の公正と信義に信頼して、われらの安全と生存を保持しようと決意した。われらは、平和を維持し、専制と隷従、圧迫と偏狭を地上から永遠に除去しようと努めている国際社会において、名誉ある地位を占めたいと思う。われらは、全世界の国民が、ひとしく恐怖と欠乏から免かれ、平和のうちに生存する権利を有することを確認する。

われらは、いずれの国家も、自国のことのみに専念して他国を無視してはならないのであって、政治道徳の法則は、普遍的なものであり、この法則に従うことは、自国の主権を維持し、他国と対等関係に立とうとする各国の責務であると信ずる。

日本国民は、国家の名誉にかけ、全力をあげてこの崇高な理想と目的を達成することを誓う。

国民↓国会↓内閣

「主語」はいつでも「日本国民」である。それは「われら」ということばで言い換えられているが、私たちはそれを「複数」ではなく、「私」と読み替え、「個人」としてそれを実践しなくてはならない。憲法は日本国民の、「私」の行動指針でもある。憲法は「国」のためのものではなく、「個人」のためのもの。「内閣総理大臣」のためのものではなく、「私」のものなのだ。

「憲法」は「私のもの」である。だから私はそれを「内閣総理大臣（安倍）」などには渡したくない。

憲法に書かれた「権力順位」、一位国民、二位国会（議員）、三位内閣を逆転させてはならない。一位内閣、二位国会（議員）、三位国民という形にすると「独裁」になる。

主語をすりかえる

現行憲法では「主語（主役）」は「日本国民」で一貫している。自民党の「たたき台」は、これを「内閣総理大臣」にすりかえている。しかも途中に「主語（内閣総理大臣）」を隠した文章をはさみ、読んだ人が無意識に（？）頭のすみで「内閣総理大臣」を思い浮かべるのを待って、「主語」を「内閣総理大臣」にかえるという詐欺行為のようなことをしている。

「文民統制」についても考えてみる。

9条の2の2、「自衛隊は、その行動について国会の承認その他の民主的統制に服する」だけを読むと、「自衛隊」は「国会の承認」のもとに動く、「国会（国民の代表が議論して決めた結論）」に従って動くように読むこともできる。

しかし、この部分は「補足」である。その前に「内閣総理大臣は、内閣を代表して自衛隊の最高の指揮監督権を有し」とある。「内閣総理大臣が指揮監督をする。内閣総理大臣の指揮監督が最高のものである」と書いている。

これは順序が逆でなければ「文民統制」にならない。

国会（国民の代表）が自衛隊の行動を「指揮監督するための法律」をつくる。その法律に従って自衛隊は行動する、という形にならないといけない。内閣総理大臣が「指揮監督をする」にしても、それは「国会」で決めた法律に従って「指揮監督をする」。つまり内閣総理大臣は「法律（国会で決めたこと）」を実践する。国会の「下請け」でなければならない。

自民党の「たたき台」は、これを逆転させている。「独裁」を許している。「独裁」を保障している。

西日本新聞（2017年6月22日）はこの部分に関して、「自衛隊法にも首相が自衛隊の指揮監督権を有するとした同様の規定がある」と自民党の「たたき台」を肯定的に書いているが、この評価は「憲法」と「自衛隊法」の位置づけを間違えている。「自衛隊法」があって「憲法」があるのではない。「憲法」があって、その下に「自衛隊法」がある。「自衛隊法」は「憲法」を逸脱してはならない。

憲法では国会（立法府）が最高機関である。法律をつくる。その法律に従って内閣（行政府）が行政を行う。

これは現在の国会と内閣、自衛隊の関係をみればわかる。

自衛隊が海外へ出兵する。（「自衛隊を派遣する」と安倍首相は言っている。）そのとき安倍内閣総理大臣、あるいは稲田防衛大臣が命令したから出兵するのではない。その前に国会で「自衛隊が出兵するための根拠となる法律」が制定される。法律に従って「自衛隊が出兵する」。国会の審議が安倍独裁のままにおこなわれているため、国会は何もしていないように見えるが、それでも手続きは踏まえられている。国会が法律を決め、その法律にもとづいて自衛隊の出兵が命令されている。自衛隊の行動に対する指揮、監督がおこなわれている。

自民党の「たたき台」は、こうした今のあり方を否定する。

自民党の「たたき台」は自衛隊を憲法に書き加えるということを通して、いまの憲法を根底から覆そうとしている。国民主権を否定し、内閣総理大臣の独裁を後押しするものである。「たたき台」は憲法違反である。

ことばの順序が重要

ことばというのは、どういう順序で書くか、ということが重要である。最初に書かれていることが優先し、そのあとに書かれていることは「補足(補強、言い直し)」である。ことばは完全なものではない。一度では全てを言い表せない。だから人は「追加」

「追加」(補足、補足)という形でことばを補う。

そのとき「補足」があるからそれでいいというものではない。

実際に何かあったときは、書かれている順序で、行動は制限される。最初に書いてあることがいちばん重要なのだ。

だから憲法は、

日本国民は、正当に選挙された国会における代表者を通じて行動し、

と最初に「主語」を「日本国民」と定義し、それから「国会」という具合にことばをすすめている。

マスコミの仕事は、権力の代弁ではない。権力が隠していることをチェックすることである。

「自衛隊法も首相の指揮監督権を有する」という規定があるなどと、簡単に自民党に騙されるのは情けない。「憲法」と「自衛隊法」の関係(どちらが優先するか)を無視して、「自衛隊法」に認められているから「憲法」もそれに従うというのでは「憲法」の意味がない。「内閣総理大臣が指揮監督権を有する」という部分だけを取り出してきて、「同様の規定がある」と言うのは安倍首相の口車に乗ったものである。安倍首相の改憲「手口」の片棒を担ぐものである。

「解釈」の禁止

もう一点、こういうことも考えた。

9条の2の「(日本国民は)解釈してはならない」という「禁止」は憲法の他の条文と整合性がとれない。

「解釈する」というのは「頭」の仕事である。「理性」とか「精神」の仕事と言い換えてもいい。「内面」の問題、「思想」の問題である。

「国(権力)」が「自衛隊」を設ける。そのとき、「自衛隊は戦力であるから、自衛隊を設けることは憲法に反する。憲法に反するから設けてはいけない」と、たとえば私が主張する。

「自衛隊は憲法に反する」「憲法第9条は自衛隊を認めていない」と「解釈する」。

何を（どのことばを）どう「解釈する」かは、個人によって違う。その「違い」を自民党の「たたき台」は禁止している。それまで「主語」であった「日本国民」をおしのけて、「国家権力」が「主語」になり、「日本国民」に命令している。

これをいったん許せば、あらゆる「解釈する」ということが禁止される。「アベノミクスは失敗した」と「解釈する」ことは許されず、「アベノミクスは道半ばである」と「解釈する」ことだけが許される。「安倍昭恵氏の秘書には公費が支払われている。安倍昭恵氏の活動に公費がつかわれている。だから公人である」と「解釈する」ことは許されず、「安倍昭恵氏は私人である」ということが「閣議決定」され、「解釈」それ以外の「解釈」は禁止ということになる。「そもそもは基本的という意味である」ということが「閣議決定」され、それ以外の「解釈」は禁止される。

これはすでにおこなわれている。いまのところ「閣議決定」は「反論」を禁止してはいない。「解釈してはならない」とは言っていない。「閣議決定」は「こう解釈する」ということを宣言しているだけだが、これは即座に「解釈してはならない」ということにかわる。

何を、どう「解釈する」か。これは「頭」（精神／理性／思想）の問題であるから、

「頭」を鍛える「教育」とも深く関係してくる。

今回の「たたき台」では「教育の無償化」は問題としては取り上げられていない。もっぱら「憲法9条」と「自衛隊」が問題にされているが、「教育」についても注意しなければならない。

「無償化」を前面に押し出しながら「思想の自由（どう解釈するかの自由）」が制限される恐れがある。「ある解釈」が「禁止される」ということが起こりうる。

たとえば「教育勅語は、親や兄弟をたいせつにすること、道徳の基本を説いたものである」という「解釈」は許すが、「第二次大戦を遂行する思想的基盤になった」という「解釈」は許さない、という具合だ。

政権を批判する、政権のやっていることを批判的に「解釈する」ということも禁じられるだろう。政権のやっていることは「正しい」。それ以外は「間違っている」という「解釈」だけが存在する世界になる。

つまり「独裁」になる。

「解釈してはならない」ということばは、「独裁政権」を推し進める。

自民党の本音

現行の憲法は第19条で、「思想及び良心の自由は、これを侵してはならない」と規定している。「解釈してはならない」はこの19条に違反する。日本国民が、あらゆることに対して、それぞれの「解釈をもつこと（解釈をすること）」は憲法で保障されている。「国（権力）」はそれを「侵してはならない」。つまり禁止されている。

この禁止を、自民党の「たたき台」は破っている。

「たたき台」だから、今後かわるのかもしれないが、こういう「たたき台」を出してくるところに、安倍自民党の「本音」が隠れている。日本国民が、それぞれの立場でそれぞれの「解釈をする」（考えを持つ、思想を持つ）ということを禁止したいのだ。

究極の「独裁」をめざしている。

安倍首相が総理大臣のまま「自衛隊」の「指揮監督権」の「最高責任者」になったとき、その「自衛隊」が武器を向けるのは外国からの侵入者である前に、国内の安倍批判をする人に対してであろう。中国で起きた「天安門事件」が必ず起きる。戦争法審議のときは「自衛隊」が出動しなかったから「天安門事件（国会議事堂前事件）」にならなかったが、憲法に「自衛隊」が組み込まれれば、安倍は絶対に「自衛隊」を出動させるだろう。「自衛隊は国の安全を守るためのもの、国の安全が脅かされるときは出動しなければならない」という理由で。そしてこのとき「国の安全」とは「政権の安全」なのである。「国＝政権＝安倍首相」という「解釈」以外は、当然、そのとき禁止されている。「国民に主権がある」という「解釈」も禁止されている。

「解釈してはならない」ということばを見落としてはならない。

「教育の無償化」の懸念

このことはまた、もうひとつの提案「教育費無償化」と関連づけて点検しなければならない。

「教育費無償化」は「学問の自由」とどう関連してくるか。

たとえば安倍首相は、「権力批判を研究する学問」に対しても「無償化」を認めるか。

「憲法9条を守るために何をすべきか研究する」ことに対しても「無償化」を適用するだろうか。

安倍政権を支持するための学問にだけ「無償化」を適用するということは起きないか。

9条が骨抜きになる

また、安倍首相が5月3日の読売新聞で「憲法改正」を宣言したときには含まれなかった「緊急事態条項」が自民党の改憲検討項目に入っていることも忘れてはならない。安倍首相がこっそりと付け加えた。その「緊急事態要項（自民党憲法改正案）」では、「内閣総理大臣」の「権限」が強化されている。

安倍首相がもくろんでいる憲法改正は、「内閣総理大臣」が絶対権力者として君臨するためのもの、日本国民の自由を奪い、独裁政治をすすめるためのものである。独裁者になって戦争をしたい、というのが安倍首相の欲望である。

その欲望を隠すために「教育費無償化」が提示されている。

憲法改正が発議され、実際に国民投票がおこなわれるとき、「改正」は一項目ずつ発議、国民投票になるのか、それとも「一括」になるのか、ということも注視しないといけない。「一括」にしてしまうと、一項目ずつの賛否がわからなくなる。

詩人の視点から

―情報をこう読む―

想像してみよう

選挙だ、選挙だ、選挙だ、
大臣が応援演説にくるぞ。くるぞ、くるぞ。
聞かなくちゃ、聞かなくちゃ、聞かなくちゃ、
人がぞろぞろぞろぞろ入っていく。ぞろぞろ。
人が人をぐいぐい押し込めている。ぐいぐいぐい。
見慣れないものを持った不思議な服を着た人。
巨大な鉄の車が集まってきた。
新型のヘリコプターも飛んでいる。
選挙だ、選挙だ、選挙だ、
着飾った防衛大臣が出てきた。
「自民党に投票してください。
自衛隊としてお願いしたい」
あ、ぐいぐい押していたのは自衛隊員だったのか。

迷彩服で銃をちらつかせていたのは隣の街の自衛隊員だったのか。
戦車もヘリコプターも演説会場を取り囲んでいる。

自衛隊員は会場を取り囲んでいなかった。
武器を持った人はいなかった。
戦車もなかったしヘリコプターも戦闘機も飛んでいなかった。
人はそう言うかもしれない。
でも、見えなかっただけ。
稲田防衛大臣には武器を持った自衛隊員が、
戦車が、ヘリコプターが、戦闘機が
はっきりと見えていた。

もしあなたが自衛隊を監督する防衛大臣だったなら。
「自衛隊」ということばを口にするとき、
隊員を、武器を、戦車を、戦闘機を、
まったく思い浮かべずに何か言えるだろうか。

責任者なら、いま、自衛隊員が何をしているか想像するはずだ。
武器を持って戦っているのか、戦車の手入れをしているのか、
彼らはいま、どこにいるのか。

「自衛隊としてお願いしたい」
といったとき、そこには自衛隊がいた。
武器を持って、戦車を並べて、ヘリコプターで監視して、
そこにいた。声をそろえて
「お願いします、お願いします、お願いします」

想像してみよう。
憲法改正の国民投票のとき、
武装した自衛隊が投票所を取り囲む。
暴動が起きては困る。反対が多くては
困る、困る、困る。
「自衛隊を合憲だとする改正案に賛成してください。

お願いします、お願いします、お願いします」
あそこにも、ここにも、ほらそこにも、
自衛隊員がいる、自衛隊員がいる、自衛隊員がいる。
「いやだなあ、逃げよう」
思った瞬間、銃口が動いた。
反対と書いたら殺されるかもしれない。
あちこちから監視カメラがにらんでいる。
反対に印をつけたか、
賛成に印をつけたか、
しっかり録画している。
逃げようよ、逃げようよ、逃げようよ。
相談したら「共謀罪」。

想像してみよう。

ここは「天安門」なのだ。

「安倍やめろ、安倍やめろ、安倍やめろ」

集まって叫ぶと自衛隊が出動してくる。
武器を持っている。戦車が道を塞ぐ。上空からは
ヘリコプターが監視している。
戦闘機はビルごと破壊しようとしている。
想像してみよう。
防衛大臣が「自衛隊としてお願いします」という。
それは「お願い」なのか。
威圧ではないのか。
強制ではないのか。

想像してみよう。
国民の安全を願って自衛隊に入った人が、
いま武器を持って、国民に武器を向けている。
政府に反対しているからという理由で、
国民のいのちを狙っている。
思想の自由を許されず、

思想を弾圧するために、
武器を持たされている。

想像してみよう。
その防衛大臣を任命したのはだれなのか。
想像してみよう、
安倍内閣総理大臣は言う。
「私は国の最高責任者だ。私は
頭に来たら政策をどんどん変えるのだ。
自衛隊基地を二つでも三つでもつくろう。
それはですね、ひとつだからだめなのだ」
想像してみよう。
安倍内閣総理大臣の思いを忖度し
忖度し、忖度し、忖度し、稲田防衛大臣が動く。
「自衛隊をつかって鎮圧しよう。
言うことを聞かないと殺すぞと脅す代わりに、

お願いします、お願いします、お願いします」

想像してみよう。
いま起きていることは、これからどうなるのか。
いま、そこに武器を持った自衛隊員が見えないのは、
ほんとうにそこにいないのか、
それとも隠れるように指示されているだけなのか。

想像してみよう。

誤解を招きかねない？

2017年6月30日、稲田防衛大臣が防衛省で記者会見した。東京都議選の応援演説で「防衛省、自衛隊、防衛大臣、自民党としてお願いしたい」と言ったことに対する「釈明」会見である。私は朝日新聞のネット中継を見たのだが、途中からなので正確ではないかもしれないが。（夕刊には、詳報が掲載されていない。）

そのなかで、稲田防衛相は、こう語っていた。

「防衛省、自衛隊、防衛大臣としてお願いするという意図は全くなく、誤解を招きかねない発言であり、撤回をした」

「真意は自民党としてお願いしたい、ということ」

つまり、稲田防衛相によれば「防衛省、自衛隊、防衛大臣としてお願いした」というのは「誤解」ということになる。だが「防衛省、自衛隊、防衛大臣としてお願いしたい」と明確に言っている。そのあいだに、というか、その最後に「自民党」ということばが挟まっているだけである。

稲田防衛相の発言が、もし稲田の言う「自民党として」という意味だとすると。そのまえに並列されていることばは、すべて「自民党」ということになる。

つまり、

防衛省＝自民党
自衛隊＝自民党
防衛大臣＝自民党

ということになる。

この関係が成り立つときのみ、稲田防衛相のことばは「自民党として」と言い換えることができる。

防衛省、自衛隊には多くの職員、隊員がいる。彼らはみんな自民党員か。自民党の支持者でないと、防衛省には入省できない、自衛隊には入れないということか。あるいは、いったん防衛省、自衛隊に入ったら、全ての人間は自民党支持者にならないといけないということか。防衛省職員、自衛隊員には、思想の自由はないということか。自民党以外には投票してはいけないのか。稲田防衛相は、職員にそう命令したのか。防衛大臣は、いまは稲田氏が務めており、稲田氏は自民党員だが、自民党員以外は防衛大臣にはなれないのか。民主党が政権をとっていた時代、防衛大臣は民主党の議員が務めていたはずだ。それとも彼も自民党員だったのか。

あるいは、防衛省、自衛隊の職員すべてが自民党支持者であってほしいという思いを込めて、そう語ったのか。

もし、稲田防衛相の言う通り、「防衛省、自衛隊、防衛大臣、自民党としてお願いしたい」ということが、「自民党としてお願いする」という意味ならば、そして自衛隊が「自民党」という意味ならば、これは、とても怖いぞ。

自民党を批判すると、自衛隊が出動するということが起きる。

自衛隊は日本国民を守るのではなく、自民党員を守るために動くということになる。

これが、きっと本音。

稲田防衛相に対して国民が批判する。マスコミが批判する。はやく自衛隊が出動してきて、国民とマスコミを制圧してくれないか。稲田防衛相は、きっとそう思っていたのだ。

自民党以外の党を支持する人間は、弾圧し、自民党の独裁を実現する。そのために自衛隊を出動させる。稲田防衛相の究極の願いは、それだ。

選挙になれば、自衛隊が投票所を取り囲む。自民党以外に投票する人間はいないか、銃を構えて監視するのだ。

そうなるまで、稲田防衛相は「しっかりと職務をまっとうする」と言ったのだ。

それにしても。

なぜ、記者会見なのか。なぜ、国会の場で、国民の代表である国会議員の質問に答えないのか。

記者会見で質問しているのは、「企業」の代表である。「国民」の代表ではない。

言いたいことがあるなら、「国会の場で、きちんと発言したいから国会を開いてくれ」と自民党と安倍首相に要求すべきである。国会の場で追及されたくないから、記者会見でごまかしている。

安倍首相も国会が終わった後、国会の外で、国会の答弁とは違うことを平気で言っている。

記者会見で、ある記者が、なぜ国会を開催し、国会で答弁しないのかと質問していた。稲田防衛相は、国会を開くか開かないかは国会が決めること、と言っていた。稲田は国会議員だろう。国会で説明する意思があるなら、国会を開いてほしいと言えるはずだ。国会が決めること、と「ひとごと」のように言ってしまうのはなぜか。

安倍首相は国会を開くと加計学園問題を追及される。それがいやだから国会を開かないと言っている。

稲田防衛相も同じだ。国会を開くと「自衛隊発言」を追及される。それがいやだから国会を開かないと言っている。国会を開くようには働きかけることをしないと言っている。

マスコミは、記者会見で安倍や稲田防衛相の発言を聞くことができる、それを活字にする、あるいは放送すれば金になるから、記者会見でいいと思うのかもしれないが、それでいいのか。

「国会を開いて、なぜ、国会で答弁しないのか」と質問した記者がだれかはわからないが、マスコミはもっとこの点を追及すべきである。「記者」としてではなく、「国民」として。

自民党大敗

東京都議選について、選挙前議席と比較して、民進党が2議席減らし、その分が共産党にまわったと書いたところ、フェイスブックで、本田孝義さんから、次の指摘をいただいた。ありがとうございます。

「違うと思います。民進党から11人も都民ファーストに移っていますから、実際は民進党は13議席も減らしています。ですから、民進党惨敗が正しいと思います」。

この民進党の「惨敗」から思うこと。

これはむしろ民進党にとってよかった。「野党」に徹することができる。

民進党は一度政権を取ったために「野党」に徹しきれていない。安倍首相から「反対をするだけでなく代案を出せ」と言われると、喜々として「代案」をまとめようとする。

「代案」は「反対」という意見の中に、すでにある。「反対」のなかに含まれるものをくみ取って「修正案」をつくるのが「与党」の仕事。

だいたい「代案」を要求するくせに、安倍自民党は「案」をつくるのに必要な資料を公開しない。各省庁から公開される「情報」はすべて「黒塗り」である。情報・資料は安倍自民党にしか提供されていない。

だれだったか、情報公開にあたっては、まず与党自民党の了解を得られないとできないと言っていた。各省庁と安倍自民党が政策決定に必要な資料、情報を独占している。

これでは「野党」に「代案」が作れるはずがない。

もし作ったとしても、「これこれの部分は、これこれの資料、情報と照らし合わせると実現不可能である。民進党の案は現実を無視している」と否定されるだけである。

だから、「与党案」のどこに問題があるか、それを指摘し続けることが「野党」の仕事なのである。

安倍自民党の「案」がどのような問題を含んでいるかを指摘し続ける。そして、安倍自民党案がどのような「資料・情報」をもとに成り立っているか、その「情報公開」を迫り続ける。「案」制作過程に「不正」がおこなわれていないかをチェックする。それが求められている。

加計学園問題、森友学園問題が顕著な例である。

なぜ安倍首相の友人が優遇され、税金がつぎ込まれるのか。その判断の過程、その前段階の根回しで、どういうことがおこなわれたのか。それを追及し続ける。

こういうとき、「手段」は問わないのだ。問われないのだ。

「不正」が明確になれば、「不正」をあばく過程（手段）は問題がない。少なくとも、国民は「不正」と「不正を暴く手段」とを比較し、「不正」を暴いた方を正しいと判断する。自分たちの払った税金が無駄につかわれずにすむのだから。

内閣の人事、あるいは官僚の人事も同じである。

ほんとうに「適正」な人事なのか。そのことをひたすら追及すればいい。人事の問題点を追及し続ければいい。「代案」など必要がない。「不正」にその地位についている人間をひきずり下ろせばいい。代わりの人事任命権は「野党」にはないのだから。


民進党には、開き直って、徹底的に安倍自民党を追及してもらいたい。追及の過程で、国民の声を吸収してほしい。国民の声を吸い上げながら、安倍自民党を批判してもらいたい。

「気取った声」ではなく、町中にあふれている声を拾い上げることが必要だ。

現行憲法の「戦争放棄」の文言を支えているのは、幣原喜重郎が電車のなかで聞いた男の声である。

「いったい、君はこうまで日本が追い詰められていたのを知っていたのか。なぜ戦争をしなければならなかったのか。おれは政府の発表したものを熱心に読んだが、なぜこんな大きな戦争をしなければならなかったのか、ちっともわからない。戦争は勝った勝ったで敵をひどくたたきつけたとばかり思っていると、何だ、無条件降伏じゃないか。足も腰も立たぬほど負けたんじゃないか。おれたちは知らぬ間に戦争に引き込まれて、知らぬ間に降参する。自分は目隠しをされて屠殺場に追い込まれる牛のような目にあわされたのである。けしからぬのは、われわれをだまし討ちにした当局の連中だ」

初めはどなっていたのが、最後にはオイオイ泣きだした。そうすると、乗っていた群衆がそれに呼応して「そうだ！ そうだ！」とわいわい騒ぐ。（略）

この人が、戦後組閣したとき考えたこと、また憲法草案について相談を受けたときに考えたことは、バンヤンでも、ミルトンでもなく、カント、ルソーでもなく、電車の中で聞いたこの男の声だという。

そして、あの光景を思い出して「これは何とかして、あの野に叫ぶ国民の意思を実現すべく、努めなくてはならぬ、と堅く決心したのだった。それで憲法のなかに未来永劫そのような戦争をしないようにし、政治のやり方を変えることにした。つまり戦争を放棄し、軍備を全廃して、どこまでも民主主義に徹しなければならぬということは、ほかの人は知らぬが、私だけに関するかぎり前に述べた信念からであった」といっている。

これは鶴見俊輔の「敗北力」に書かれていることだが、こういう「声」を拾い上げ、組織化するということが民進党に限らず、野党に求められている。

「代案」を要求する安倍自民党の手口にだまされるな。

安倍が「こんな人たちに負けるわけにはいかない」と罵った、「こんな人たち」、国民の声に身を傾け、そこからことばを組織化してほしいと思う。

こんな人たちに負けるわけにはいかない

東京都議選の安倍首相の応援演説、「こんな人たちに負けるわけにはいかない」をめぐって、いろいろな意見が出ている。

菅官房長官はこの発言に対して、いつものように「問題ない」と言っている。「民主主義国家なのだから選挙応援の発言は自由。縛ることなどあり得ない」とも。

もちろん「発言は自由」。

国民を「ばか」と呼ぼうが、「間抜け」と呼ぼうが、それは安倍首相の自由。

だが、どんな発言にも「責任」が伴う。

それを忘れてもらっては困る。

「こんな人たちに負けるわけにはいかない」と言って安倍首相が応援した自民党の候補は落選した。自民党の議席が大幅に減った。つまり、「負けた」。このことは、だれもが知っている。

安倍首相は、その責任を取るべきである。自民党総裁を辞任し、内閣総理大臣も辞めるべきである。

「こんな人たち」とは安倍首相に対して「安倍帰れ、安倍やめろ」と叫んだ人たちである。この人たちを、前横浜市長の中田宏氏は「組織的活動家」と呼んだ。「肯定」したのではなく、「否定」する意味で、そう呼んだ。

しかし、民主主義の運動において、「組織的活動家」は欠かせない存在である。権力を批判するには「組織」が必要だし、組織には組織をリードする人が必要である。自民党も「組織」だし、それをリードする安倍首相は「組織的運動家」である。そこに集う自民党員も「組織的運動家」である。「公明党＝創価学会員」も同じだ。自民党も公明党も「組織的運動家」であって、独立した個人の運動家（政治家）ではない。国会で議案に対して投票するときは「党議決定」で行動を縛っている。だれもが運動には組織が必要であることを知っている。徒党を組んでいる。それを無視して、安倍首相を批判する人間だけをとらえて「組織的活動家」と呼んで、いったい何を「批判」するつもりなのだろう。

稲田防衛相の「自衛隊としてお願いする」も、あまりにも「過小評価」されている。公職選挙法に違反する程度の問題ではない。

自衛隊は武装集団である。武装した組織である。武装組織が「お願いします」と言うとき、それは「お願いします」ではないだろう。武装した自衛隊に囲まれて、「自民党議員への投票をお願いします」と言われたら、恐怖を感じない人間がいるだろうか。これは、脅しである。国民を恐喝したのである。防衛大臣として、恐喝した。

稲田防衛相が「自衛隊」をつかって国民を恐喝した。安倍首相が「こんな人たち」と国民を侮蔑した。

これに対して国民（東京都民）は、素手で、ことばで立ち向かった。投票という「平和的手段」で意思を表明した。そこに「組織的活動家（リーダー）」はいたかもしれないが、「党議決定」のような「拘束力」をもった「指示」はない。国民（都民）はひとりひとりの判断で投票した。責任をもって議員を選んだ。その結果、自民が敗れた。

国民（都民）がほんとうに勝ったのかどうかは、小池都政の行方をみないと判断できないが、現時点で自民党が負けたことは確かである。

負けたことに対する「責任」を安倍首相は、しっかりと取るべきである。負けた理由を、しっかりと国民に説明すべきである。負けたときに何もいわなくていいのは、勝負の前に何も言わなかった人間だけである。言った限りは、最後まで「ことば」で、何が起きたのか説明すべきである。

「組織的活動家」のリーダーが「こんな人たちに負けるわけにはいかない」と言い、「組織運動」をした。演説のときも、自民党の関係者が旗を持って活動していた。「安倍やめろ」の横断幕を必死になって隠そうとしていた。その「組織」が負けたのである。

安倍首相は責任を取るべきである。

安倍首相はいろいろな発言をするが、その発言を実行したことは一度もない。いまこそ、実行すべきである。発言に責任をとるべきである。

詩人の視点から —情報をこう読む—

裕仁

昭和二十一年十一月三日

内閣總理大臣兼外務大臣　吉田茂

國務大臣　男爵　幣原喜重郎

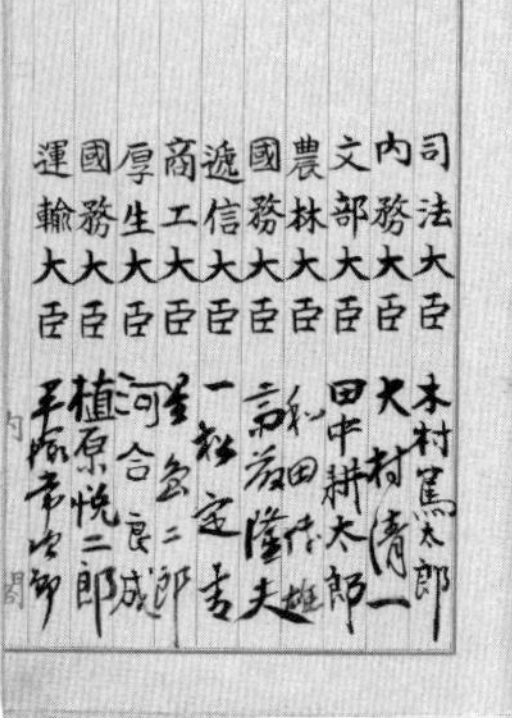
司法大臣　木村篤太郎

内務大臣　大村清一

文部大臣　田中耕太郎

農林大臣　和田博雄

國務大臣　齋藤隆夫

遞信大臣　一松定吉

商工大臣　星島二郎

厚生大臣　河合良成

國務大臣　植原悦二郎

運輸大臣　平塚常次郎

第九條　日本國民は、正義と秩序を基調とする國際平和を誠實に希求し、國權の發動たる戰爭と、武力による威嚇又は武力の行使は、國際紛爭を解決する手段としては、永久にこれを放棄する。

前項の目的を達するため、陸海空軍その他の戰力は、これを保持しない。國の交戰權は、これを認めない。

五

（国立公文書館所蔵）

日本国憲法第9条 ―現行―

戦争の放棄

第9条

① 日本国民は、正義と秩序を基調とする国際平和を誠実に希求し、国権の発動たる戦争と、武力による威嚇又は武力の行使は、国際紛争を解決する手段としては、永久にこれを放棄する。

② 前項の目的を達するため、陸海空軍その他の戦力は、これを保持しない。国の交戦権は、これを認めない。

自民党 憲法改正草案（2012年）

*現行第9条に追加した箇所に傍線、削除した箇所に打ち消し線で自民党案を掲載します【編集部】

~~戦争の放棄~~安全保障

第9条

① 日本国民は、正義と秩序を基調とする国際平和を誠実に希求し、国権の発動~~たる~~としての戦争を放棄し~~と~~、武力による威嚇~~又は~~及び武力の行使は、国際紛争を解決する手段としては~~、永久にこれを放棄する~~用いない。

②　前項の規定は、自衛権の発動を妨げるものではない。自的を達するため、陸海空軍その他の戦力は、これを保持しない。国の交戦権は、これを認めない。

第9条の二

①　我が国の平和と独立並びに国及び国民の安全を確保するため、内閣総理大臣を最高指揮官とする国防軍を保持する。

②　国防軍は、前項の規定による任務を遂行する際は、法律の定めるところにより、国会の承認その他の統制に服する。

③　国防軍は、第一項に規定する任務を遂行するための活動のほか、法律の定めるところにより、国際社会の平和と安全を確保するために国際的に協調して行われる活動及び公の秩序を維持し、又は国民の生命若しくは自由を守るための活動を行うことができる。

④　前二項に定めるもののほか、国防軍の組織、統制及び機密の保持に関する事項は、法律で定める。

⑤　国防軍に属する軍人その他の公務員がその職務の実施に伴う罪又は国防軍の機密に関する罪を犯した場合の裁判を行うため、法律の定めるところにより、国防軍に審判所を置く。この場合においては、被告人が裁判所へ上訴する権利は、保障されなければならない。

第9条の三

国は、主権と独立を守るため、国民と協力して、領土、領海及び領空を保全し、その資源を確保しなければならない。

自民党 憲法第9条「たたき台」

※西日本新聞（2017・6・22）掲載

（安倍総理大臣が提出した案は、現行憲法をそのままに、「9条の二」を追加するもの。）

第9条

① 日本国民は、正義と秩序を基調とする国際平和を誠実に希求し、国権の発動たる戦争と、武力による威嚇又は武力の行使は、国際紛争を解決する手段としては、永久にこれを放棄する。

② 前項の目的を達するため、陸海空軍その他の戦力は、これを保持しない。国の交戦権は、これを認めない。

第9条の二

① 前条の規定は、我が国を防衛するための最小限度の実力組織としての自衛隊を設けることを妨げるものと解釈してはならない。

② 内閣総理大臣は、内閣を代表して自衛隊の最高の指揮監督権を有し、自衛隊は、その行動について国会の承認その他の民主的統制に服する。

憲法、憲法案の表記について
＊仮名使い、漢字を現代の表記に改めた。
　また適宜分かりやすく表示した。
＊原文では項目は、「①」は省略されているが、
　分かりやすくするため①と表示した。

憲法9条改正、これでいいのか
詩人が解明—言葉の奥の危ない思想—

2017年8月15日　初版第1刷

著　者　谷内修三
発行人　松﨑義行
発　行　ポエムピース
東京都杉並区高円寺南4-26-5 YSビル3F
〒166-0003
TEL03-5913-9172　FAX03-5913-8011
デザイン・DTP　堀川さゆり
印刷・製本　株式会社上野印刷所
落丁・乱丁本は弊社宛にお送りください。送料弊社負担でお取り替えいたします。

ISBN978-4-908827-27-3 C0031